リバー・ワールド

書肆侃侃房

川合大祐

リバー・ワールド

川合大祐

目次

第一章　零頭の象　5

第二章　プレパラート再生法　79

第三章　川を渡る　269

あとがき　365

装幀　吉岡秀典（セプテンバーカウボーイ）

第一章

零頭の象

ミニ四駆ずっと思い出だましつつ
隊長の「そして」が暗い犬部隊
トマト屋がトマトを売っている　泣けよ

現実に借りられている拡声機

花の名をだれも信じてくれない日

象死んでおまえとおれの一人ずつ

失語症患者がいちや馬を撫で
図像学（笑）はわたしに微笑むか
春の雪キングコングを和訳する

夜の蔵巨大な玩具壊しつつ
罅のなか小人の国の資本主義
怪獣を求めていたか原作者

Ｈｕｌｕの上本町に雪が降る

老人の羽も歯茎もみどり色

警棒の長さオスカー・ワイルド忌

手鏡が雑に割られる本能寺

森抜けて名探偵に自我めばえ

薄い繭きょうの日誌をきょう燃やす

紫のジグソーパズル踏む木馬
春の町電子頭脳に2がふれて
桜色ピーマン刻みつづければ

仮面捨てそのよる鯵とだけ思う
てのひらと意識の下のみどり色
画像にはあした葉書を出す地点

鏡割る以上のことを桜桃忌

パンを焼く黄金時代つづくなか

読み捨てのレシピにスープ二人前

鉛筆で描こう肉のないうどん

横綱を言葉で言うと桜桃忌

蛍光の結婚式がふと終わり

恐竜でひらかなかった扉の前に

彗星が落ちる鎖をほどきたい

泣くときに泣かなかったな中野荘

変と恋反物質に触れてから

金の粉あたまはりつくナウシカ忌

病歴を隠して初夏の村祭り

部屋の意味潜水艇を組み立てて

この星をあげます子供部屋の鍵

迂回路にともだちずっと落ちていた

理科室に再生されるレクイエム

統計すおおかたの友失って

ガチャガチャが集まるジャンボ鶴田の忌

雨のあすジープ完成されている

覆るビデオ判定村祭り

わたしにもわたし逃げ去るための橋

悲しいよ、相撲とともに想われて

白昼へ正確すぎる観音茶

泣きさけぶ博物館のブザー押し

木に登るあすの映画がおそろしく
探偵社どんどん抜けていった釘
つまらない男と沈むハンバーグ

坑夫らが好きな言葉を落とす、夏、

死にたいよ花瓶の外の桃の花

森を出て鏡の中のえのき茸

ロダンの死十円玉を曲げながら

掟にてパンチ佐藤の村逐われ

箱の中貧しい語彙で立つモアイ

区民館ロードムービー焼くけむり

スカートと時間に満ちるバスの中

午睡覚め午後の爆弾運搬手

イカダ割れ友は支流に行ったまま

完璧な壁を夢想す分析医

捕鯨船ひとの体にひとの首

夏の繭ことし巨大なパンを買う

支配者が出てゆくテント村境

われわれがわれわれである　求めよう

金網にずっと電気のある暮らし

館内の焚火とおくをとおくして

広辞苑猫の頁に苺汁

バット折れあなたの中に日曜日
工場でぼおーっとしよう　妹よ
鉄の塔あと何秒が人でいる

入り口を複数つくるインド洋
道　彼と呼ばれる長い神経路
落ちている緑の電話祐天寺

貘の肉みんなむかしのままでいて

雲冷えて突然折れる鶴の首

現場にはスーパーボール跳ねており

殻の中ひたすら思う殻の色

卓球とジャズ永遠に室の中

被告席まずはバターを塗ってから

空のいろ檻から出れば檻なのか
扇風機子供の消えた惑星に
この星はおまえのものだ目次焼く

手紙の終わり玉葱をくれ
石臼の値をひとりで決める
モスバーガーをつなぎ合わせる

公園前のいらない明日
共有できる時間に壜を
あと数時間押絵の奇蹟

冒頭のムエタイジムが蝶だらけ

缶詰の蓋は殺意を出てしまう

病院でこんな真っ赤な鳥を見た

緑猫以外ほろびてしまえ初夏

零ひかる球場跡の電算機

砂を見た今年最後の祈念祭

夢をする電気鶏かのように

海無市どこを向いても社会人

納豆のない異次元の夜八時

自我捨ててただ晴れた日の紫禁城

姪の絵が射撃のあとも動かない

家康の子孫コンビニにて死せり

午後の茶と物の自分が消える午後
富士山につながっている砂場出て
出入口アラスカ式に犬を抱く

水攻めにときどき道具箱ひらき
失った世界ガソリンスタンド忌
暗がりで獣が暗くなっている

捨てられた島にかならず遊園地
煮魚と潜水艦をつくりたい
人称のおれが狂ったようなお湯

恋人へ鰻の躰借りてまで
イカリング烏賊の狂気を語りつつ
帝国の農業大よ鶏を消せ

世を憎み犬のかたちのゼリー切る

誰かの死わたしの壁にボール投げ

狂ったかコロッケそばのケを写す

ほんものの剣道場を持つきみへ
怒りゆえだろう八個のロッテ買う
紙袋それぞれの季に人が死ぬ

夕暮れてとうもろこしの無い映画
玉葱と死をかぞえたいだけかぞえ
鉄棒の上の自我消すフーディーニ

雨のやう怪獣たちのゐるところ

雨が降るウルトラマンの去つた星

紫陽花をイデ隊員も開発し

鳥を見た　以下空白をわれら埋め
夏至ちかく一人のための薬缶熔け
誕生日牛を隠している家で

花を買うそれぞれ釘を失って
完全な真空想う脳へ雨
ヘッドホンどんな葉書を憎んでも

蟬を飼う親子の下に震度三

怒りゆえ地上のきのこすべて生え

想像の限界値まで人を埋め

爆弾を考えている強い水

オパールと言うのか辞書を破り捨て

ひどい恋移動手段が三輪車

卵持ち直線だけがあった部屋

合鍵を忘れてしまう永い奈良

兄弟の蒸発前に傘を貸す

友逝けりついにミニカー洗わずに

ニュースでも養蚕業者妻を撃つ

詩人辞め茄子に接着剤を塗り

壜のまま壜に地球を容れる劇

主人公自慰する村に敵のなく

決勝でズボンの鯉が息絶える

ヨーヨーに名前を付ける無人島

青の宵ひかりの限り〈宇宙外→〉

堕落論とうふの入る貸金庫

アドリブに弱い看護師天城越え

PCを濡らす詩人のテーマ曲

ゴリラ撃つ人びとばかり船の上

空想の砲丸投げがすぐ終わる

なつかしいプロテインなど無に還れ

寺のうえＵＦＯ群れたあとに闇

ラ音ごと環状線に消えたラム
鳥を見るただそれだけの超曜日
蛔虫の絵本をくれた恋人よ

奪衣婆とよろこぶときの社会学

私小説地球最後の汽車が出た

月の罅俳句療法終わりけり

雪だるま以上の雪を失って

祖父の霊色盲なりき冬の虹

蠟燭に電波があたりクリスマス

はりねずみ書かれなかった私小説

直角にインコを飼った死後の家

雪だるま無くて球体恐怖症

魂が切断されたバとカボン

三叉路で閃いている文学史

真昼まで「共産圏」と啼くインコ

釘と螺子心理描写をきわめると

われ消えて里芋いもであり続け

ふたり降り空中都市が二ミリ浮く

ただ単に魏志倭人伝読む五月

衛星の視点いのちの電話鳴る

ある星で砂の値段を訊く少女

悪霊へ頓知の効いた市のタワー

エスパーが社史を編纂しない初夏

心理劇ジングルベルのない五月

古着屋に完全な真空がある

花言葉「あなたの中で死ぬあなた」

サイコパス映画ロケ地に餅を積む

便宜上象よ象よと泣きながら

リアリティー・ショーにあらわす蟹の色

飛ぶ戦車とともに失くすマッチ箱

雨が降る戦隊物の撮影地
惑星にアースジェットのうつくしき
奇獣らを偽ジッポーが照らすのみ

不死鳥にあんころもちを憶えさせ
水売場うさぎのちんこ置き去りに
ムヒを塗る演技を誰と観るまひる

タッパーに「世界」と記し六月は
現実とされる牧師が立っている
鉛筆が長くて死んでしまいたい

現実にロボット錆びる保育園

滅亡をたやすく語る大久保家

二人飛ぶわ／あ／た／な／し／たの顔わすれ

死も生も役所広司を殴っても

四つ角に父を殺さん秋葉掘り

世界なりサンダーバード糸切れて

現実の三階までのしゃぼん玉

しりとりでないかのように神と言う

午前からあなたと読んだ象かぞえ

自我と自我キャッチボールの都市滅ぶ

。とは別に群像劇をはじめます。

第二章

プレパラート再生法

羊歯積んで電車のようなものに乗る

チャップリンまじめに言うと充電器

イヤホンを外したような粉ふき芋

先祖から鎌が伝わる移民星

階段であろうとするな御御御漬

バ行音のこして解ける氷河都市

花畑じぶんを保つ五十音

にんにくが無かったようにペン折れる

オモチャ箱巨大な丸をなぜ捨てた

内臓をどれほど思うシェーの中

孤独死のたびたび起こる相撲部屋

説明もないがタイガーマスクの胃

埼玉のＳの文字かもしれぬ罅

ビルの中超高速のくじ回る

私小説ケースの卵みな孵し

宇宙軍司令の家の木彫り熊

車麩をもらい惑星探査船

坂道があったら地球だと思え

義経を十二分間眠らせよ

ある町の火事を知らせる壁の文字

掃除機と同時に曲がるドライバー

暗い空たこやきに針めいたもの
登山家の無意識すべて壁になる
麻酔科医まいにち妻の部屋に寝る

二人ずつ力士を入れるカラオケ屋

西部劇史上もっとも猫ふえて

どの炎見てもマンモスだと言った

美大生ポップコーンのーのなかに
道長をあまりシベリアだと言うな
搾乳がやりづらい二都物語

病院の体積を父計算す

驚愕の納豆売りと生き別れ

上皇のシーニュあふれて諏訪湖の藻

午前中蝶にふれれば蝶消える

熊蜂に黙したままの僧の群れ

カップルが火遁の術の前に来る

みつを揺れウッドストック行きのバス

みずからをひとりずつ置く壜の外

馬に馬時間よ止まれ笛に空

六月の入城式に魚降る

首都焼けてこんな時こそ心理学

白人のような気がする貼ってみる

陽炎をつぎつぎ越えて偽ドリフ

天上へ十五人目のカメラマン

考古学ふたり別々咳をして

陽のあたる特殊なネジで建った家

意志により昼居つづけるベラ・ルゴシ

日は西に妻は時計のない部屋に

少年にメロンを渡す地底基地

吸盤のあたりで曲がる紫外線

房総に友の百裂拳不発

夏至近し少女軍団ひとり辞め

外科室に同人作家ふたりいて

海を見て両手冷たくスイス人

オバQを待っていた日の紙の船

電機屋と地区役員と川の中

頭文字Vの一家の囲炉裏端

火事の村ひとり抱える金魚鉢

調理師へアダム・スミスが落下して

畳んでもバームクーヘン状のまま

水質が途中で変わるうさぎ島
戦記書き終われば昼の哺乳類
鳥の歌以上の〈それ〉へ腕を手を

僧院に左右どちらか耳落ちる

超科学所ジョージが消滅し

惑星にモンゴル人の医師の列

精神の危機に棚からバットマン

魔法の木老人たちが下りてくる

魔女走るめざすは鹿の後頭部

一定の周期で魯迅誕生す

二に憑かれ彼はりっぱなガンキャノン

三角に壁を直しているアジト

五角錐なにがわかっていただろう
ひとりずつ七角形の部屋を出た
日に五食そのうえノアとふたりきり

農薬を飲んでしまった谷の覇者

会議室どんなローマにしたいのか

フラスコが割れて南米人の顔

暗闇を自称ミッキーマウスの手
複雑な骨折見せてまだ星へ
滝の名を実験室で訊いていた

サンリオの喫煙社員空を飛ぶ
バスタオル会会員と雨の村
鶏そぼろ銀河支店にばらまかれ

仏教が伝わってゆくサイゼリヤ
誘い受け方程式にずっと2を
ムー沈むシュークリームの重きゆえ

無理のない範囲でおまえ落武者に
ワーグナーへと展開す焼鳥屋
母性愛チップ／デールのデールへと

おれだけが狂っているよ江戸幕府

牛を見たことが理由の岡山市

コミック誌／に隔てられて人が死ぬ

文字こぼれ結果体言止めの文

絹ごしてなぜ五次元へゆけないか

水槽を割って世間がここと言え

僧形で帰るみどりのカナダ人

歪む町ずっころばしを採譜して

さっきまでＴＶであった老水夫

鶴を折る0~9の収容所
手ぬぐいに郵便局を建てながら
大量のうれしいことと貝が飛ぶ

けろっぴー炭焼小屋の西側に
ヴァンパイヤ公民館に窓がある
文字盤にぷが在る世界滅びても

消火器で殴られている春寒し

老人と一緒にファのみ弾き続け

水泳や時間のように停止する

片道のタイムマシンに積む金魚

ちくわ屋に改造された騎士を押す

県道に苦しむ茶人たちの列

社会主義者らで酢飯を掘りつづけ

メール絶ゆ菩薩狩りからはぐれれば

ミステリートレイン内の近代詩

サマセット・モームが巨大化する梅雨

死海べり作っていないプラモデル

ディズニーにありがちだった貫頭衣

風死して新体操の卑怯な手
眠ることそばが存在しないこと
唐揚げのどこを裂いても形容詞

「なかよし」の二度買いをする焼肉屋

床ずれの老婆が握る飛行石

四次元へ農業高の校舎消え

糸へんが嫌いな人とチャリを漕ぐ

たけのこが無かったように掛ける鍵

ただひとりコスモ石油を解析す

寿司回る紀貫之を中心に
蠅を追う軌道エレベーターあけて
解脱する昏いＢＡＮＤＡＩロゴの下

無意識にキン肉マンの色で塗る

美の世紀サソリ固めに目をつむり

手のなかがいつでも暗い研ナオコ

樹がたおれガイドブックに載るこたつ

記号論だれとでもあるコンビーフ

インタヴューー化石の国の旅客へと

うがちつつ所ジョージの地底行

バスケットボールがみっつ手毬唄

ただ一度いとうせいこうだと祖母が

目覚めると凶笑面のホログラフ

姉非在滝に鋏を投げ捨てた

大勢の木こりが囲むプルースト

ふりかけとして延髄に願い星

それぞれの双眼鏡に新死体

あなたへとずっと遅延を贈りたい、

相撲部屋からの夕景特撮す

拳法家滝にいとこを造りだす

パズル解く樋口可南子の庭先で

人造湖未来少年落下して
アイドルが絵本を盗むきょうも雨
無　ホカホカねえさん以外すべて虚無

ジャイアンにオペくり返す酔いどれ医

隣室に鎖かたびら干す夫婦

万博にPを忘れる大奇術

無言劇さとう珠緒に似た罅と

実験句そろえとびこむ水の音

精神をひょひょひょひょと呼ぶ作曲家

セーヌ河専門個人潜水夫

ほとんどの命が映画館の外

5×1=5パンダ小隊員ふえず

地に靴を円盤投げに時、時を

縦笛を裂いているだけアッシャー家

１／１のガンダム浮いている

後方の宗兄弟へ超音波

あばばばバカＳＦに母音あり

モニタ拭く房公部安と順に消し

Ｂｅ動詞工作員のひとりずつ
白樺派バールのようなもの床に
小六ののび太に落ちるシャンデリア

かき氷ごと五階建てビル崩れ
都市Bのさらに細かなかつおぶし
潜水をトラック野郎たちと終え

人類にカスタネットを取り戻す

六人の馬場あつまって長い旅

関ヶ原らくだ分身しなくとも

きみを抱くスモールライト消す前に
風の街きつねうどんへ念波ほか
足音も科学特捜隊だろう

エビ固め世界中からおひめさま
メタ言語馬の機械の首落ちる
アクリル画ふれる時間のどこかに酢

イソジンとひかりの中にいない犬

ボクサーの絵本最後に真っ赤な火

ヘブライ語遠くに豆腐状のもの

再会す部品だらけのレゴの町

忘れない豆腐もグミも青の国

隣人の緑日記に日付消え

大火災胡瓜焦げつくラーメン屋

木の下に愚者の黒板揺れながら

月基地の通信室で蠅死ねり

隣人は国語教師にして踊る
くまさんと非道くたのしいようちえん
教頭のパイプオルガン爆破して

ビーカーに明るい武士のつくり方

飛ぶ男説明もなく前田吟

パイプ椅子三人称の千葉繁

ダーウィンを考えている隣組

論点が藤田まことのバス走る

マスオの子偽薬すぐさま吐き出しぬ

視力落ち雲のかたちの桃子たち

雨が降る鏡に無限油そば

錯乱者フランダースを犬と呼ぶ

post card

恐れ入りますが、切手をお貼りください

810-0041

福岡市中央区大名2-8-18
天神パークビル501

書肆侃侃房 行

フリガナ
お名前　　　　　　　　　　　　　男・女　年齢　　　歳

ご住所　〒

TEL(　　　　)　　　　　　　　　ご職業

e-mail：

※新刊・イベント情報などお届けすることがあります。　不要な場合は、チェックをお願いします→□
著者や翻訳者に連絡先をお伝えすることがあります。　不可の場合は、チェックをお願いします→□

□**注文申込書**　このはがきでご注文いただいた方は、**送料をサービス**させていただきます。
※本の代金のお支払いは、本の到着後１週間以内にお願いします。

本のタイトル	冊
本のタイトル	冊
本のタイトル	冊

愛読者カード

□本書のタイトル

□購入された書店

□本書をお知りになったきっかけ

□ご感想や著者へのメッセージなどご自由にお書きください
※お客様の声をHPや広告などに匿名で掲載させていただくことがありますので、ご了承ください。

◀こちらから感想を送ることが可能です。

書肆侃侃房　http://www.kankanbou.com　info@kankanbou.com

鉛筆をあしたもなくす広島市
八王子あたりの聖書印刷所
「火葬場」が大きい星の下あたり

伯父のいる拷問部屋に活字なし

千年後タモリの墓の祟りにて

夏時間トイレを出ると滅ぶ町

円盤を見た日見ない日ふつうの日

比喩おわる明日の自動販売機

初夏の雪他人の叔父を待ちながら

天国の閉門時間肉挽き器

人類がたくさんいない雁の寺

アンテナを植える関東ローム層

聖闘士のパンダを飼っている真昼
都民みなあの小麦粉と指さして
山田寝るファミリーマート倒産し

星消える野沢雅子の変声期

滅亡後奈良県へゆく永井豪

紫に狂いつつある祖母の群れ

別人のデータ烈しく１と１

特異点キリンビールの濃霧晴れ

鉄骨をかなしみと呼ぶブラタモリ

プロペラが付くだけだった偽金閣

聖歌隊こわれはじめる兄と姉

異世界において身ぶるいするプリン

全身にアンネの日記墨書して

憩いの地武田鉄矢のジャズ止まれ

要望書コナン・ドイルは寝てほしい

手裏剣の単位を探す東京都

異人論くるしい時の雪男

宿題が終わってしまうナスカの絵

男たち永谷園へ続く道

哲学者巨大な妻が花を摘み

全体がしっしゃもであった花電車

烏賊の樹が世界に在ってしまうこと
横縞の気象予報士でないひと
発火するラジオの外の水樹奈々

菓子の家鍵の概念理解して
長渕が存在しない井戸の底
原始人汀にゆがむアムロ・レイ

陸棲に応じて髭が抜けはじめ

金八の錯誤行為をかく腐女子

富士見町地上より浮く実験所

セ・リーグの意味も不明なまま眠る
獣医らのファリック・ガール画像集
ブラジルが雨だった日にかつおぶし

リアリズム絆創膏に河豚の紋

芋を焼け彼が悪魔と思うひと

社会性ノンタンひとり総白髪

ポパイ来る浸透圧の応用で
昨日より巨大な鳥を縫う仕事
素手で割るししゃもに幾つ小宇宙

各々の時計の裏の安達祐実

傘がなく井伊直弼を考えた

駐車場一気に喋るラカニアン

体内と体外のみず志田未来

苔寺であらざる場所を書くふたり

凪の日に鍵壊しあう老夫婦

無意識がぱっきん割れる三輪車
電線を信じるふたり猫を抱き
実在に全力もって小池歯科

雨の日の内宇宙から鰯汁

茶室ほか異星の客が寄るところ

ウサギ跳び生まれた理由かぞえつつ

青い家壁に卵を投げつづけ
究極の最終便に兄ばかり
森を抜け長嶋茂雄実在す

夏至祭に踊る与作の後頭部

マリックがきょうも沈めている夕陽

和室から電波いくども蝶々へ

牛の寺と吐き続けるプリンター

ジャングルに探検隊の帽さがす

カップ麺からつくり出す個人たち

受験票ＫＡＮがこれほど泣くなんて

右脚が羊のおとこ海岸へ

超医学研究室にあびる優

Tシャツと郵便物を海にまく
哲学にだまされやすい園芸部
眼鏡女子男子のうえを飛翔体

タモリ居て飛ぶ教室の教師役

悪夢覚めババ抜きはやりかけだった

兵士2へ高い位置からルークの手

立場裂けアンモナイトを贈りあう

異能力少女黒板消しを消し

本棚をもとめてきょうの西部劇

手裏剣とわかって拾う料理長

踊ろうか植物会議での迷い

牛眠るハルマゲドンの満了日

ゲーセンに天動説の巫女ばかり

隊員のインコが死んだ森の星

テネシーの背広のおとこ義眼買う

頼朝がどこにもいない爆破跡

飛ぶ姫がフルーチェつくりかけだろう

ピーマンを見続けている他種業者

月に吠え嘉門達夫と書く痛み

くじ二本蔣介石は誰だろう

農道の女装少年動かざり

メーテルのかつら飛ばして南風

指が降る最上階が高くない

旅終わりクラムチャウダーだと叫ぶ

マルクスは正座をしたか惑星史
イチローのイの状態で影が行く
ゴドー来て回覧板が消滅す

緑川一族によるラジオ狩り

胎内にスネークマンの全資料

鶏骨を百八人の祖母に投げ

ヨーグルト集中力が爬虫類
ケチャップが十六滴の土俵上
チョロＱが千利休の膝下に

つみれ練るブラウン神父時を停め

哲学者ＬにＭから朝の鐘

異次元へコンビ精神分析医

ミキサー車競歩マニアを追い越して

地下牢を灯すカーネル・サンダース

井戸の底ふだん爆発する獣

この技もちがった星のてり焼き屋
元がつく歌舞伎役者を剝ぐ団地
愛し合え巨大な鳥が棲む島で

幼少期ヒッチコックの死を撮って

母星への連絡船に蝿二頭

地球儀のなかの地球よ十二月

くじ引きに疲れた兄のヘルメット

コーラ振る偽史専門の書店にて

伊那市市歌ひびいて誰も死なない日

ちに代わるひらがなを書け塵宇宙

じゃんけんが終わらないまま高い城

ありとあらゆる螺子うずめ桜の樹

ミルク粥振って悪人正機説

朝食の固体液体わが国に

各戸ずつガムが腐っている銀河

もやし在り時間の上に伊那谷に
時間経つビリー・ザ・キッド飲む水に
電気椅子茶会が三度ひらかれた

サルトルがふざけなかった壺展示
停留所ヤマザキパンと信じつつ
レーザーが釣り堀に飛び交っている

虫叩くその場にタイム・パトロール

有限のコーンフレークうちのなか

西瓜色のもの捨て老グレーテル

あなごでも無くても良いがあなご死す

流血者めざましテレビ字幕消し

サッチャーと靴屋とだけに網張られ

取説に「これもマンモスです」と有り

地下街を白いミッキーマウス駈け

山田家の骨につながる霧吹き器

耳外すマンハッタンの象女

フルーチェを合理によって穴へ埋め

ノルウェイの股を脱臼した課長

地上でのプレパラートを象徴し
牛の名が書かれていない法学書
チームごと桂小枝を複製す

祖母の死後ある日の食器乾燥機
古池のぜんぶと共にムー沈む
理由などなかったヤマト糊も尽き

Ｗｈｏを使うガンマン
羊歯を待つ
誤字さえ無かった

烈しい変換

キーパーだけである

蠅を叩く道具

尾行に終わり

フック船長まで必死に砂糖を隠す

幸楽のミニチュアにえなりの成長が止まる

フリスビー文化みまもる泣き女
かがやいて光の国のハンバーグ
水戸市へと魚眼レンズの覗きかた

内科外科たがいを三部構成し

爬虫類だった原作の設定

能楽師ついに林檎の名を知らず

高角度レタスクラブに意味つよし

夜になれ機械の国の軽食屋

滋賀県の工事がつづく縦社会

草を食む宇多田ヒカルに似せた牛

ふり向くな青猫がいた台所

め組絶え望遠鏡が部屋の中

実相寺昭雄のいない星に名を

西洋へ鰻を撮りに行ったきり

虚空からボーカロイドの奥歯へと

気を溜めて西部戦線から蝶が

レシートが巨大な国の写真集

紫陽花とマンモスむすぶ童貞ら

造花屋をラジオで殴るとき痛い

人滅ぶまでに大福さえあれば

梅雨明けず糸こんにゃくと遺書に書く

架空の市いろえんぴつが傷だらけ
茹でながら金比羅山と打ちながら
有限にふれる鬼太郎テーマ曲

ヴェルヌ以後飛ばないでいる古本屋

鉄瓶に呪われながら釣りへ行く

誤字多し深夜のバナナ生育図

魚人都市ひかるジャズメンみな音痴

労働者囲碁もバンビも終わらせて

論理もて靴ひも結ぶ星は午後

空を飛べなかった鞄持ちへ雨
星廻るいま蒲田区が消えた記事
不用意にごぼうが切れる惑星で

表徴の帝国よりのクール便

泡宇宙風呂場で死んだ名付け親

笛を置く化石の蛭子能収と

不死鳥の手帳のなかの中野駅

手羽先でふざける人の黄色い陽

観戦記粘土なげあう村からも

王様のリカちゃんばかり夢の島
ノッポさん私有の国へのぼりつつ
弁慶の骨盤ならぶ美術館

七月に見たものを書く簿記うすく

確率の計算機器を猫踏んで

逆引きの辞書にひゅ探す長い梅雨

河豚売りへ秘密基地でのラリアート

潜入記ひつじの多い惑星へ

歩き巫女されどパンダの檻を問う

草を喰う初回限定品壊し

立体視帝国地図の焼きやすさ

檻である黄色い日本そば啜り

葡萄都市ゲリラについて記述した
台本もなしに植物学者吐く
ユニクロの誰も気づかぬ生卵

関係者以外のポニョに頭部なし

幻視する人の手による滝全部

化粧品会社の跡の闘技場

病棟とわたしの外に黒揚羽

胃腑あたり歪む把瑠都のぬいぐるみ

看護師と大きな紫蘇の葉の下で

星座さす声の小さな相撲取り

レを抜いた恐怖漫画がすばらしい

二秒後に二秒の未来杖を折る

人魚棲む町の模型にきょうも雨

（ユング派の赤無かりけり梅雨夕焼）

バスを剥くあやしいまでに目的語

耳かきが六本以上ある家庭

帝国の教員室が霧の中

雨の日のさばを食べても演劇部

馬場眠る漬物図鑑ひらきつつ

陰膳をガウスに運ぶひとの数

試合後に『野菊の墓』のビラ破る

五厘刈り弱小企業合唱部

肋骨の説明のため踊るひと

反動で吉永小百合像を彫る

朝の庭壊さなかった扇風機

円舞曲みんなバターになる途中

五分ごと森と麺屋が消える村

虹色のみそ汁啜る自動武士

神島に雪と関節技が来た

世界図の島の直下に巨大歌手

なぜ鎌を撮っていたのか星冷えて

動物の描写にまがる千歳飴

「人類が通信室を出ます」以下

豆腐ごと病院船の鈴ゆれて

鍋囲む再生された姉妹たち

右脚が映らなかった漫才師

箱船に浜崎あゆみ合唱し

密林に新間一族への太鼓

黄泉テレビ吉本ばなな黙読し

アッシャー家すきやき鍋が多すぎる

ザクの手に万葉集の文庫本

パジャマ捨て狂風世界への扉

からしづけ結社に捜査員せまる

Qと書く移動図書館とめるため

一日に一頭ふえる黒い牛

なわ跳びのなわが三本管理室

闘技場どうしてこれが笛なのか

天空へ巨大ないしのようこ立つ

熟練のピザ屋が帰る爆心地

宇宙食きみを地上に表現し

無理ゲーに父の名があり河馬に餌

病人の打席にドリル持ち込み可

寺山の部屋の想像図を燃やし

死のように谷折りされる寅次郎

怪人のほくろが多いほうに貼れ
科学室ガッツ石松的なもの
猿に似た長方形を持ち歩く

点線で山折りされる宇宙船

ネプリでも去勢について書き続け

市報隅スパイ大作戦の記事

人消える全霊によるあみだくじ
狂えケン今川焼が沈まない
症例の鐘が鳴るなりニコライ寺

シェーながき短歌雑誌の編集部
シューベルトだけの年表速記して
ショッピングＴＶにうずら殺される

鶴を折るイーストウッド祈念館
浅草ヘルイージ落下するちから
天使居てめかぶの移動販売車

たけし老い集団心理学二説

哲学となれ鮨尽きる時間城

ジャムパンを鏡の家に置くと春

クララ立ちいま鶏頭をかぞえ出す
ボクサーの兄が沈んでゆく砂丘
線を引くメガネストアー展開図

地球人ぎらいのひとと駅伝す
木の家で育成ゲームすべて売り
適当な詩人が点けるガスレンジ

園内に与謝野晶子もいなかった
磁場狂う包丁類の滅びかた
ブリトニー・スピアーズなら岸壁に

手術中「都大芸大」なる寝言

トラウマ社業務日誌に田螺の図

校長にジャガー横田の霊憑る

映画版のび太の第二性徴期

魔女っ娘が世界よせかい烏賊になれ

リヤカーを手塚治虫がぽんと出る

へびつかい同士たたかうフランス座
彫ってある日高のり子ののの強さ
哲学者みょうが倉庫に縛られて

雀鬼死すエスパー五郎湯あみ中

東山動物園にシャア狂え

革命後森進一がふざけすぎ

描写され顎のきれいな志賀直哉

鬼なまこ震えるひばり館の裏

警官の上に警官降る蘭画

吉宗にチャカわたすとき外は雨

酒瓶に愛野美奈子と書く作業

星図焼くとなりの伊藤整の孫

漁夫帰る義体の螺子を外しつつ

肺魚飼う四畳半を二分して

自己暗示妻とふたりの惑星で

反宇宙椎名桜子まで含み
酒醸すコメットさんの不在中

千年のふりかけ溜める不死の人

茉奈佳奈の転生し合う城下町

正常なうどんに満ちる科学館

航宙士日記にずっとそぼろ丼

星滅ぶ海野十三の殴り書き

京大の麻婆丼がうつくしい

文集に埼の字がない養成所

人名詞勧進帳を読むラカン

ジョン・ウェイン素手でヨードを和えている

王の死を願う校歌の作曲者

蛭が降るスタジオジブリ入社式

海胆のうち馬糞海胆のみ気で飛ばす

ハンフリー・ボガート自慰す村祭り

月面車車体に渋谷さんと書く

関脇のタイムトンネル掘るちから

カタルシス濡れせんべいが濡れてから

第三章

川を渡る

無をおそれつつ学研に出す葉書
桜散り眼科医も目をとじていた
木星の崖についてを書き続け

発話者が冷やむぎを感じていたか
＃シンガポールがわかるまで
公園の自覚が天を降りてくる

妻たちと天動説を信じ合う
前回り受け身で妻を表現す
妻のこえ迷路逆走していると

穴居する妻に帽子を貸してから

妻自体かたりつづけるマヨネーズ

妻の目の前でキャラメル切りふやす

救世主ジャングルジムのグルを消す

焦土にて真剣にやきとりと言え

森の家からベルリンの地図買いに

王様の魂からのビスケット

C言語・沼に時々ヒト落ちる

なつかしい二十二世紀御する雲

さかだちは何故おわるのかＴＶ欄

庭でしかないと思った大筆禍

鬼ごっこ機械の体捨ててから

質問の紙飛行機は届いたか
ゆっくりと南へ少女漫研部
泣きたくて@を外す朝

蚊を外す即身仏を掘りながら

プラウダに載る寂聴の誕生日

農道にひとりで舟を曳いており

雨もない誰を愛していないない劇

器官なきからだゆうびんぶつ溶ける

姪からの葉書も夏も実在し

たい焼きのループを出ると火事の村

ぬり絵集横浜港もみどり色

鶏皮へ分析力をすべてかけ

いま割れるバニーガールの金魚鉢

チューリング・テストのさなか氷菓喰う

地方都市認識論の講師ふえ

書道家に見られたことがない陽射し

去年から熊蜂を組み立てている

刑場の広かったこと胡瓜切る

読書との関係がある青い空

死、の文字を、もうすぐあめ、と読み上げた

ペンギンがやたら見つかる町の地図

にわとりをころしたように抱いてくれ

「ブラジルにひとりで行く」の回文化

無季句詠む鳥類学者幻視行

ニコ厨とうどん工場での対話

太陽の下で太陽造語する

火炎噴く瞬間までの春休み

プリン消えひとりとひとり深宇宙
地球圏ほろびたあとのえかきうた
昼下がり思ったことを分数に

森のなか正義の祝詞聴くアトム

電報で水晶宮を描写せよ

ドーム割れ長い復活祭だった

文脈で小人とわかる小人国

藤原氏すべて火星を見た夜に

春を煎る店の名前の祖母さらば

明晰夢世界各地に生卵

文字の列臓器移植を止めた日に

だらしなく火星日記をつけて寝る

夏の野に●の字●の字の●●の跡

魚へんかなり群馬に持ち帰る

目をとじて何か動詞が来る前に

日本語の家族　朝日のあたる家

気球燃え虎よ！虎よ！と兄の声

塩まみれ天気予報が外れない

灯油缶じつに戦略上の熊

郵便夫だと思われる墓を背に

二年間先祖の声で喋る妻

容疑者は一円玉を曲げながら

複写終え茄子の図像に茄子の文字

しりとり部亜大チームと二回戦

ノート閉じ表紙に次元航海記

六月の虚数が蝶の証明書

次元船さけびも波のなかにある

動画では平均台に鯉を置く

狂言の最後に熔けてしまう鐘

モスクワの一部を入れる貯金箱

幽霊を載せているので林檎鍋

長靴が炎に耐える都市国家

工場のフェイスブックに白い月

百巻を過ぎた頃からトマト割り
伯爵は偽者だった時の船
ぷと書いてひとりひとりの壁の中

ひまわりと書くひまわりの写生句に

「山本リンダ」

虹色にけば立っている実話集

海馬体いまがいまから逃げてゆく
ぼんやりと鏡の国の説明句
感覚で詩人の建てた広い風呂

消火器を遠くへ投げる性行為

地球出て黒いドレスの少年ら

論理的解決をみる飛鳥鍋

雷撃に投げ出している全詩集

牛車来る／来ないを越えて氷河都市

一瞬の油断で義父も分身す

光あれみそを用いた創世記

生卵へと導いた医師も死ぬ

ドミノピザだんだん斧が遠くなる

詩のとおり詩人が部屋を出て行った
練乳が大仏殿で波立たず
棒倒し作戦名が暗すぎた

薔薇を売る探検隊に嫌われて
終末期捺印された葉を拾う
優勝後ちびくろサンボ失踪す

オランダ語「合唱団のない町で」

ただの句じゃねえか脚立はただの句じゃ

まるのなかそとにもたぶんなつだろう

大喜利をはじめるときの大豪雨
ぺらぺらの戦艦なにを求めても
のりたまを幾たび振って対岸へ

部首で引く連絡船を待ちながら
徳川家から最後にはレモン来て
幽霊のうしろに回る球児たち

相撲取りぷちぷちシート轟かせ

紳士服冥王星の避難所に

茶碗蒸しまで含まれた心理学

最新の雲型定規手に鬼は

藤原氏／ベーコンの距離／／／／／／

今そこでこの川柳は終わりです。

翻訳のたびに変身するつみれ
主語すべてマクドナルドに降臨す
午後わずかゆっくり動く漢文詩

つぎつぎとアルゼンチンへ落ちはじめ
県消えて幽霊部員ひとり減り
死を想う構造なるや月の都市

有限のダイソーに巻尺を買う
滝近し照明弾を妻放つ
考える前にひかりの槽にいる

花消えてマッドサイエンティストたち
仏像が回転しつづけるだろう
鋸と確かめられる朝が来る

ドンジャラの離ればなれの吾と吾
ローソンの連想をされないほうへ
マンションの光の一部こしひかり

発泡酒この世界にはポチが居る

六月のまぎわ自転を感じない

鍋つかみなくて恋人ども眠る

以下略の（以下を略したので）うどん

遠未来小説内の蠅叩き

魂に前々世から扇風機

太陽のひとつひとつへパーを出す

五月尽テトリスのない部屋に寝て

社員みな苔寺へゆくほど痒い

パイロットフィルムに卵剝きつづけ

内面を問われなかった子機あつめ

ペヤングが何を救っているだろう

春巻の巻が幻想だったから
「船長が歪んでいる」と糸電話
トラックが丸まっていた今日も雨

古着屋と「頭痛が痛い」言い合って
画で選ぶどの世界にも1あって
滋賀県がはるかに遠いリカ燃やす

棋士の子と鍵を交換して帰る

月剥げて接着剤を溜める人

焼肉のように二つもある時計

薔薇腐り現象学の暇がない
大工らの洗脳中に尿意満つ
予言書とおむつを捨てる基地のあと

性欲におどろいている幕内
生命をドナルドダック切り落とす
見る物のすべてにチーズケーキの無

薫子の部屋はてしなき指相撲

手を洗う遠心力のある朝に

ピーマンを送り届ける上層部

友だちと互いに秘める金星語

人が減る町に仏教あり続け

鬼ごっこカリガリ博士濡れなさい

星を遣るおまえはだれと訊く代わり
公転すズッキーニ／鳥だったもの
呪いなら解けているはず今は朝

海岸のどこに三時があるだろう
吾輩のアンドロメダを畳み込む
二次元の夜から窓が開いていた

こんどー、と誰かが飼っている鸚鵡
乳牛も国境線も遠かった
楽団を柔軟剤でおびきだす

市のはずれ喜怒哀楽のどの終わり

異世界の酒屋の便所借りにゆく

生きている瞬間クラリネット折れ

時間そのものへ泳いでいたダム湖
妻のいる県のサービスエリア焼く
轟音のしらすを聴いて眠りかけ

広い庭どう捨てがたき我がある

覚めるたび微妙にちがう井戸の場所

石榴割る一人称を決めてから

無我の境いくつ化石を落としたら

ウイスキーボンボン割りに落ちる月

うさぎの日わたしであったわたし捨て

スケッチが終わらなかったよい焦土

夕立に宇宙戦争もの破け

湖へるで終わる句が浮上する

午後の国ずっと縞馬だと言わず
せいうちが二〇二〇の絵日記に
圏内のここが木曜のない町

文法がととのっていた競馬場
青鷺に似たもの容れて旅行中
鉄壁のレゴを壊さなかった？　いや。

海老老いてスターバックス二号店

天球儀から点aがこぼれ落ち

蕎麦と書く言語＝ウイルス説に拠り

穴を掘る／並行宇宙／尼を剃る

ぐりとぐらあとはＴＢＳ沈む

一人―ひ―と―り伝染病―の―男女―見る

月光よ合成うどん粉を照らせ

雪が降る潜在意識美術館

宇宙服妻がコーヒー豆を買う

鼠用めがね工場潜入記

守るべき姫がふやしてゆくゾンビ

先輩も貘も同じくみどりの歯

八月の光の音が姪つつむ
人類が崩されてゆく効果音
パエリアをたくさん作る壁の中

天皇に誕生日あり鮫の肉

レシーブの概念がない移民星

情報化社会が土管笑いけり
w

水筒の外にわたしの銀河系

横浜の4／4＝2／2

邦画の魔田田田田口田田日田田田

青い旗ピアノによって海歪む
ほとんどのパンダに付けるパンダの名
かみさまを落とすポケット豹の柄

しゃもじから連想ゲーム九日め

闘鶏が終わらなかった町へ雨

状況が小説的に紫蘇育つ

街の灯が宇宙怪獣死してより
二階なし歴代書記が服を干す
さらば兄潜水艦を壁に貼り

二・五次元スリッパ屋外に

作中句〈の作中句の〉作中句

ディストピア映画終盤バケツ燃え

辻褄が創価大学生と合う

塵の中どんな輪廻の中の塵

けすももすタイプライター打つ猿へ

反則で毛毛毛毛毛毛と詠まれた句

辻加護がヨーグルト句を詠みつづけ

要塞を無季俳人が詠みつづけ

神の字を通り魔が書き慣れていた
（深槽の（心理の中の（志村の）））し
絵ハガキをしつこく埋める死について

貝殻が在る! 在る! 在る! と妻泣いて

父の部屋宇宙創世セット捨て

自他のない自称探偵物語

肉食えば肉消滅す赤い星

月墜ちて白黒セサミストリート
きよらかな腸詰ばかり函館市

箱おおし甚兵衛鮫のいる町に

菜温しワープ航法したあとも

磯野家の瞳孔がひらかなかった

明解句佐藤蛾次郎ひきあいに

数詞なき言語をはなす猫の町

零のまえ火とかぞえたる老賢馬

輪廻する女子高生に石つぶて

ふるさとの鮫呼んでいる鼓笛隊

じぶんからせかいを覆う（または、逆）

ハンバーグ多発地帯の土佐暮れる

天皇があつまっている焼肉屋

みなし子の横で覚えるねじ廻し

収容所群島に成るポマトの実

河馬を噴く超現実をおそれるな

いつの日が銀河の鳥を捕る日なら——

To be continued…

“THE BOOK OF THE RIVER”

あとがき

　昨日から微熱が続いている。この時代・この世界にあってそれがどういう意味を持つのか、あるいは持たないのか迷いつつ、それでも「自分の誕生日にあとがきを書く」という甘味に抗することができなかった。実際にPCを駆って見ればさほどの旨味でもなく、ぶよぶよのエゴのみが鼻につく。それでも僕は今・ここでこの文章を書きたいと思う。そんな自己対立とも葛藤とも呼べない甘ったれが、ずっと続いてきた。

二〇一九年春―二〇二〇年初夏にかけて、こうしたエゴイズムの膨張が限界に際していたころの句群から、一〇〇一句を選出した。

　その一年強、あらゆるところで川柳を書いてきた。

紙も筆記用具も持ち込めない病院の保護室で、ひたすら脳裏に刻むようにして作った句のことは忘れない。などと言えば格好もつくのかもしれないが、解放されてノートに記して以来、何を作ったか忘れてしまった。

ただその時痛切に思ったこと、自分の川柳の三要素は〈喪失〉、〈過剰〉、〈定型〉なのだという妄念は今も消えていない。おそらくこの妄説を抱えたまま僕は生を終えるだろう。

それくらいの覚悟はできている。それでも、僕は喪うものを喪いすぎてしまった。

回顧あるいは予告しておくと、本書に伝染病へ直接言及した句はない。何らかのポリシーが在るわけではない。僕の作句法がたまたまそれを生み出せなかっただけである。是非はつけられないと信じている。

本句集を編むにあたって、前作『スロー・リバー』と同じく柳本々々さんに多大なる恩恵をいただいた。前作同様、々々さんがいなければこの句集は完成しなかった。いつも限りない感謝と尊敬を覚えている。

出版の機会を与えて下さった、書肆侃侃房の藤枝大さんには、これ以上なく真剣にこの拙い句集へ向き合っていただいた。感謝の言葉しかない。

そしてパートナー、千春にこの書を捧げる。昨日喧嘩したばかりだけれど、だから愛している。あなたへとどく作品が一句でもあったら僕は幸せだ。今日の煮物にはオイスターソースを入れるよ。

すべての人へ。

壜底に中途半端に余ったオイスターソースがあったら送ってね。『リバー』シリーズは三部作と決めています。また会いましょう。

川柳は何も救わないが僕は生きている。

二〇二一年二月十九日　誕生日の早朝

川合大祐

著者略歴

川《かわ》合《い》大《だい》祐《すけ》

川柳作家。1974年長野県生まれ。
「川柳の仲間　旬」同人を経て、「川柳スパイラル」同人。
ブログ「川柳スープレックス」共同執筆者。
著書『川柳句集　スロー・リバー』（あざみエージェント、2016年）。
共著『はじめまして現代川柳』（書肆侃侃房、2020年）。

Twitter: @K16mon
Mail: 16mon.k.dai@gmail.com

川柳句集
リバー・ワールド

2021年4月12日　第1刷発行

著者
川合大祐

発行者
田島安江

発行所
株式会社 書肆侃侃房（しょしかんかんぼう）

〒810-0041
福岡市中央区大名2-8-18-501
TEL：092-735-2802
FAX：092-735-2792
http://www.kankanbou.com　info@kankanbou.com

編集
藤枝大

DTP
黒木留実

印刷・製本
モリモト印刷株式会社

ISBN978-4-86385-453-6　C0092